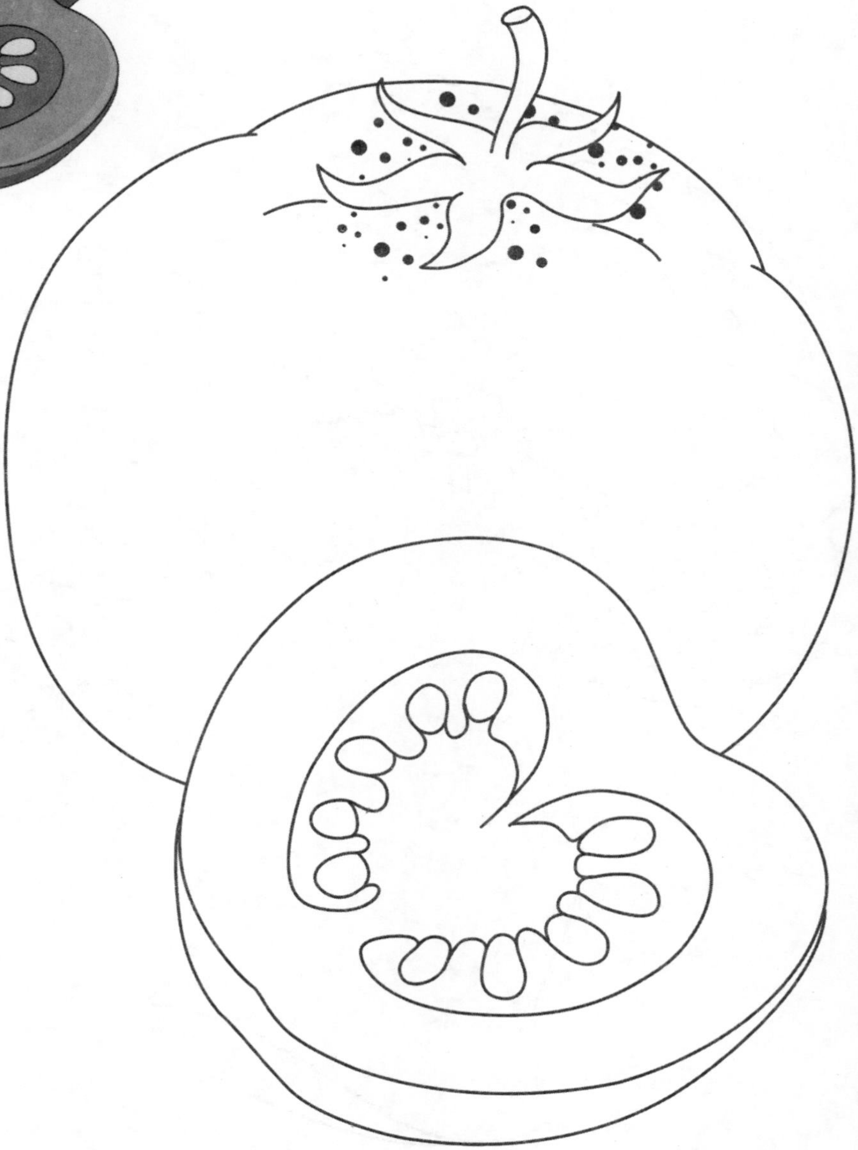

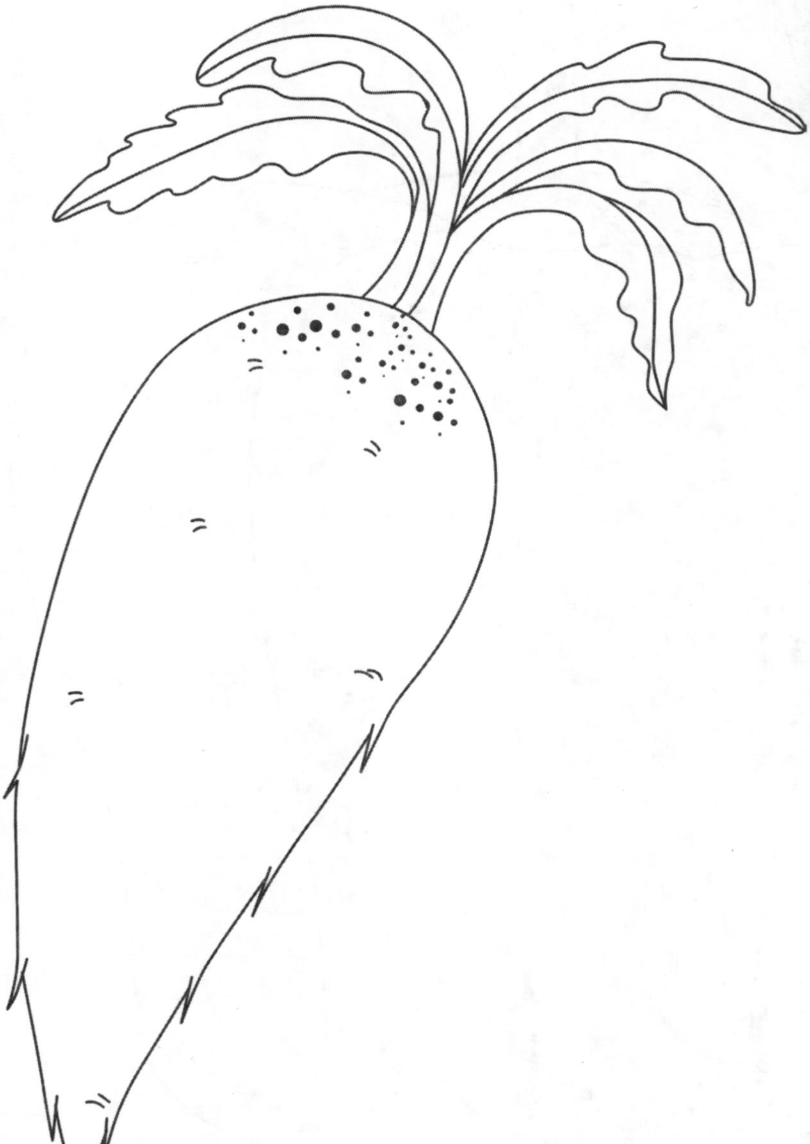
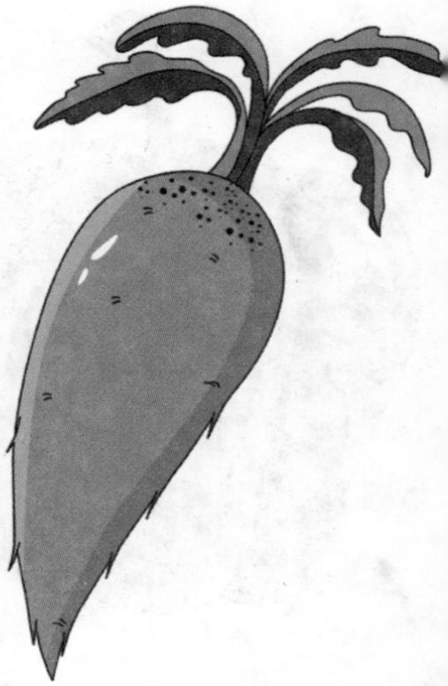

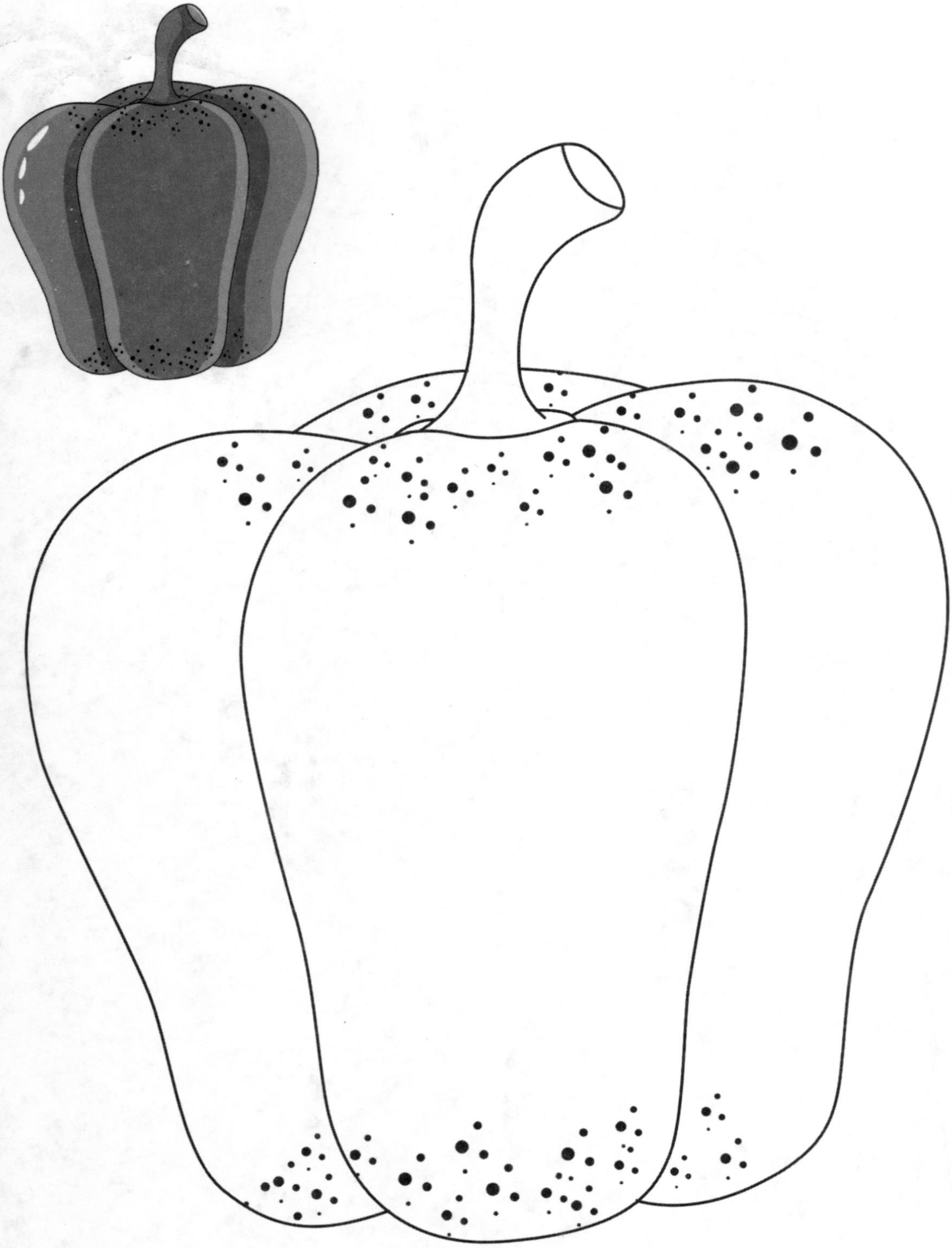

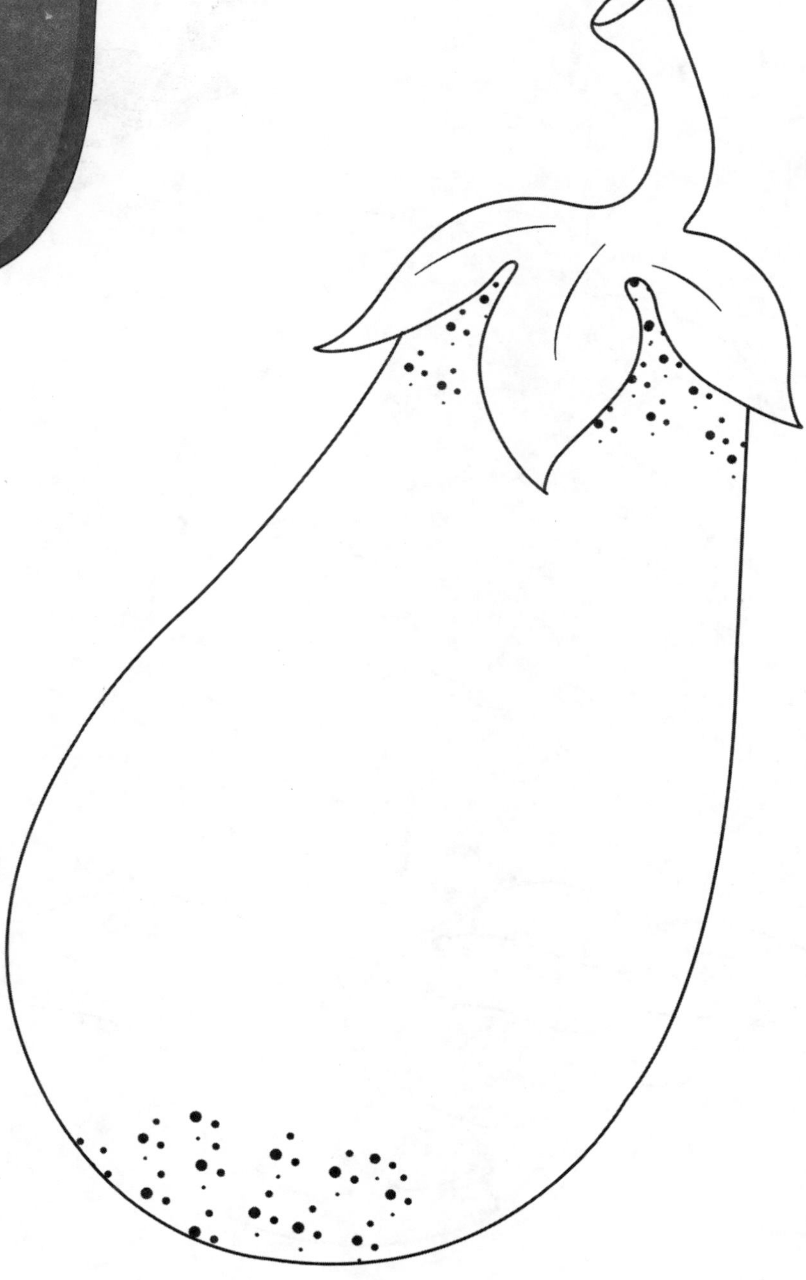

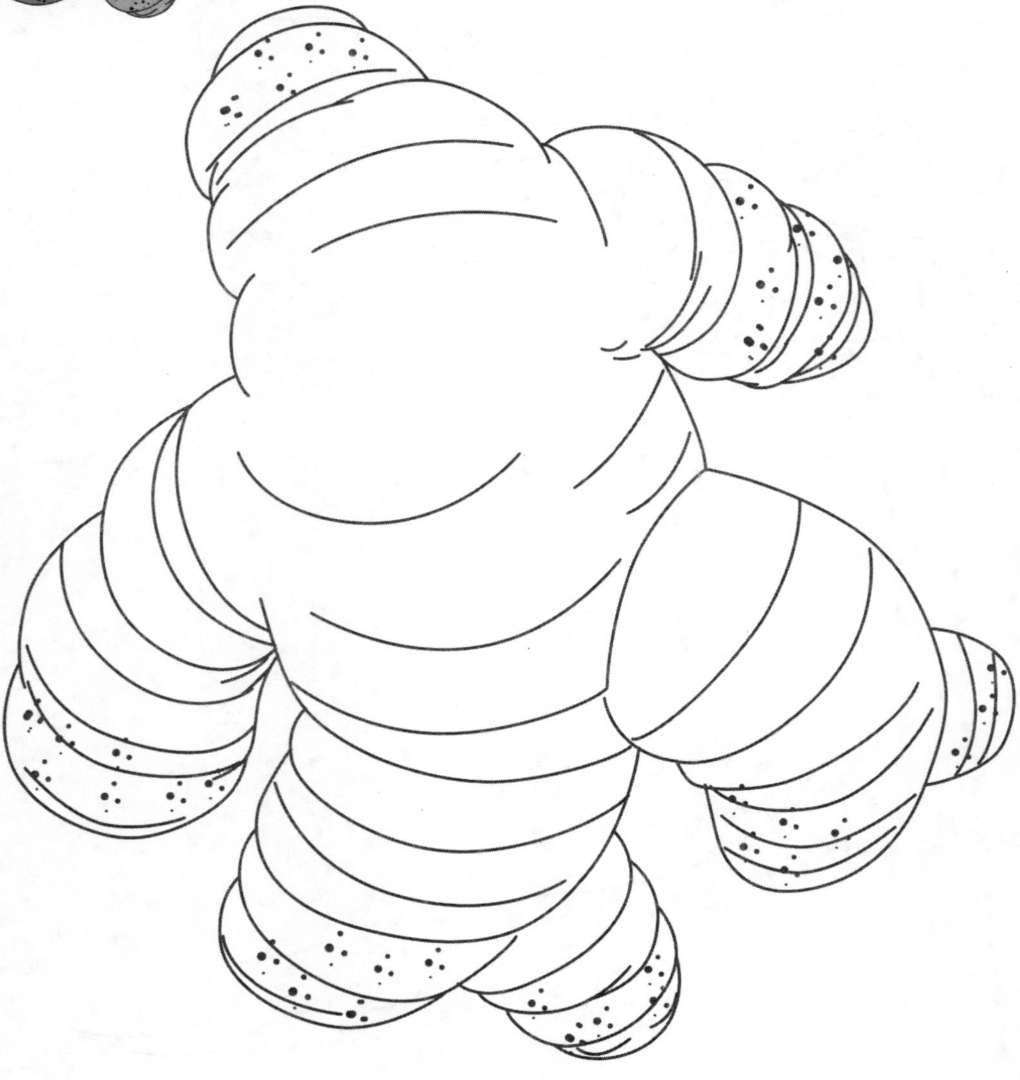

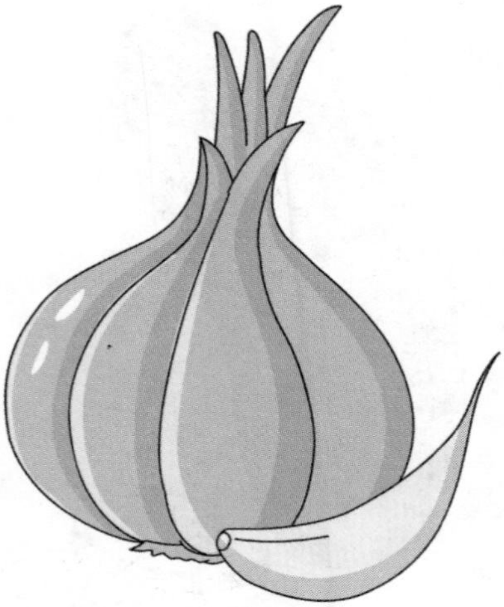

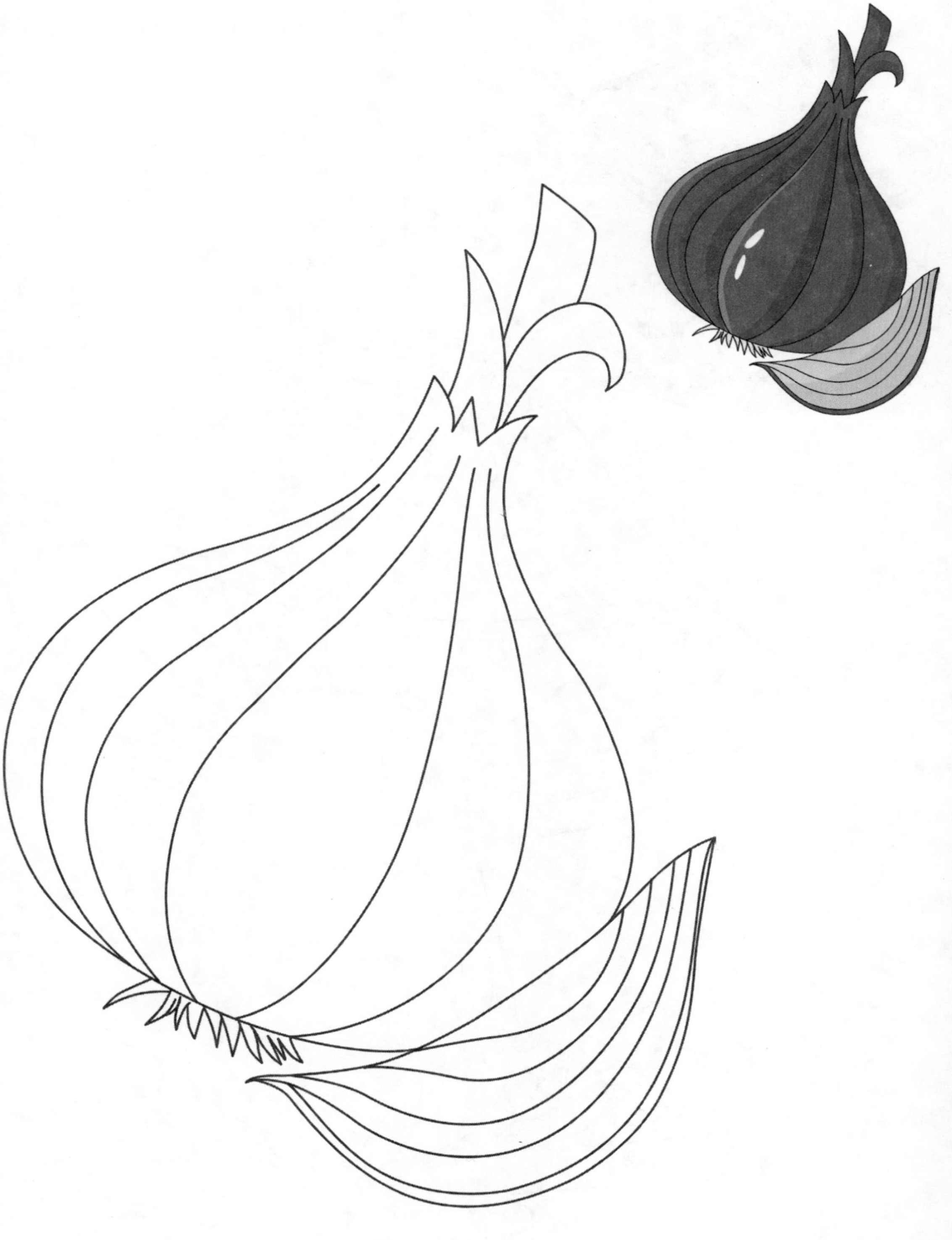

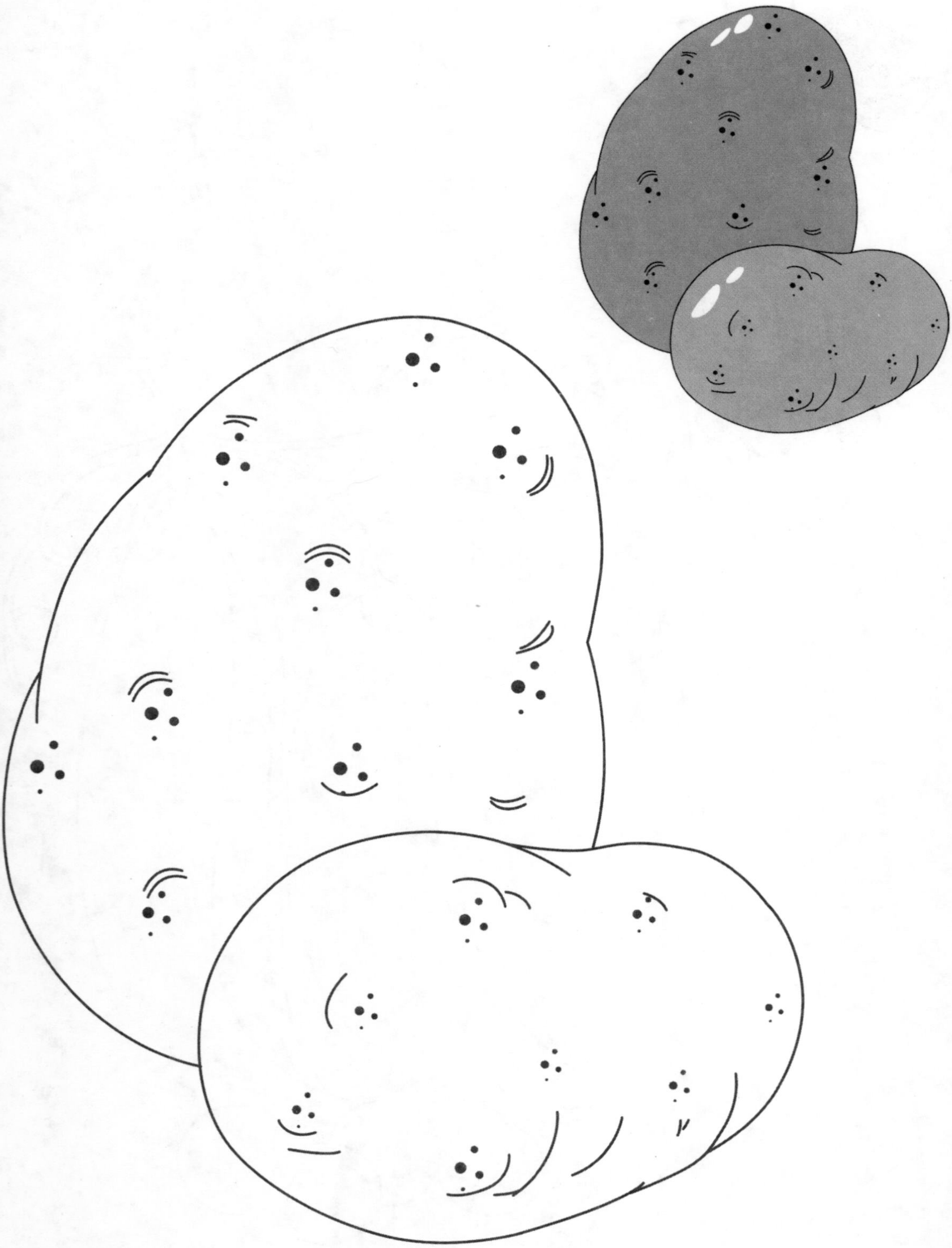

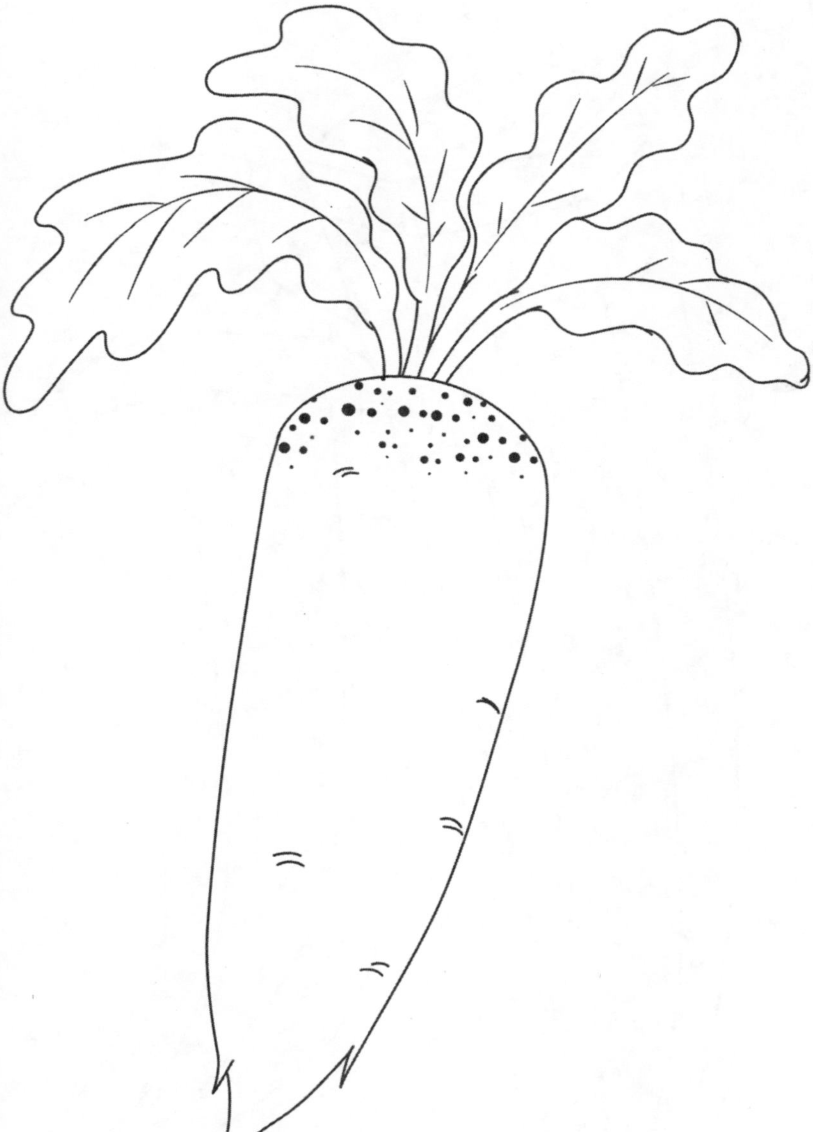

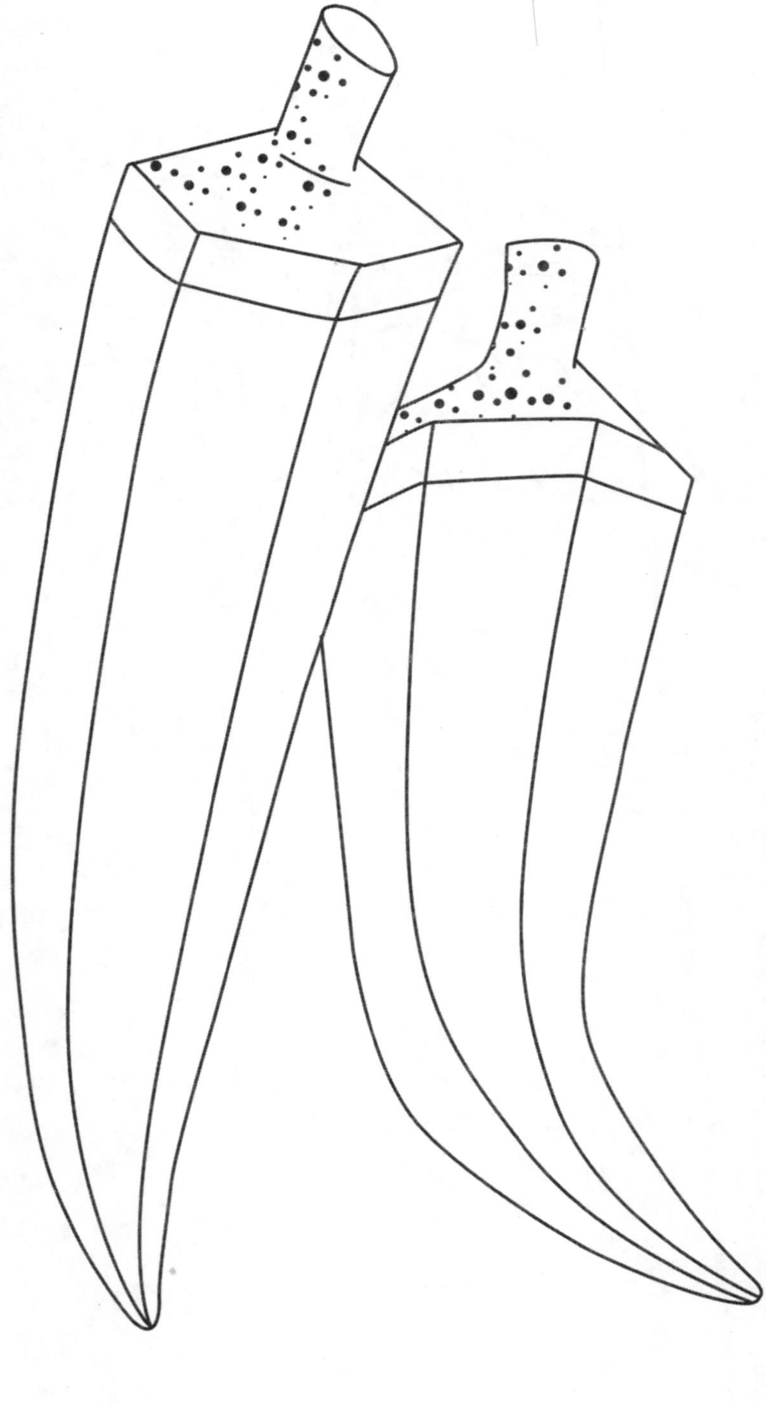